KB268600

우리 시대 현대시조 100인선 51

안테나를 세우고

정 해 송

태학사

우리 시대 현대시조 100인선   51

안테나를 세우고

초판 인쇄 2001년 9월 26일 • 초판 발행 2001년 9월 28일 • 지은이
정해송 • 펴낸이 지현구 • 펴낸곳 태학사 • 주소 서울시 서초구 서초
2동 1357-42 • 전화 (02) 584-1740 (代) • 팩스 (02) 584-1730 • e-mail
thaehak4@chollian.net • http://www.thaehak4.com • 등록 제22-1455호

ISBN   89-7626-710-9   04810 • ISBN   89-7626-507-6   (세트)

ⓒ 정해송, 2001
값 5,000 원

☞ 지은이와 협의하에 인지를 생략합니다.
☞ 파본은 구입한 곳이나 본사에서 바꾸어 드립니다.

『부산시조』 창간호 출판기념회를 마치고
(뒷줄 오른쪽에서 여섯 번째가 필자, 둘째줄 가운데가 발행인 김상훈) (1989)

토말에서 열린 오늘의 시조학회 주최 해남 세미나
(왼쪽부터 이복현, 이지엽, 전정희, 정수자, 필자, 윤금초, 장순하 시인) (1992)

부산 민주공원에서 전국시조백일장 심사를 마치고
(왼쪽부터 필자, 김상훈, 심종선, 박달수 시인) (1995)

동해안 여행중 찻집에서 (2000)

차례

제1부 검(劍)

제2부 병상일지(病床日誌)

제1부 검(劍)

겨울바다에 서서

해발 일천 미터
고도를 밟고 눈을 들면

묻힌 정염(情炎)의 파편들이
번득이는 물비늘 너머

원경(遠景)은 함성을 머금고
호(弧)로 휘어 날[刃]이 섰다.

암벽에 부딪쳐서
흰 이빨로 부서지는 절규

매운 바람도 범치 못할
손끝 아린 진실 앞에

한 꺼풀 각질(角質)을 벗고
불을 찾아 설레는 혼.

해저(海底)엔 무거운 함묵이
영화(靈火)되어 타오르고

일월도 근접 못해
비껴가는 숲의 계곡

속 깊이 잠적한 세월이
용트림을 하느니.

피, 땀으로 기름 짜서
등심(燈心)에 불을 켜라

한 점 꽃불로도
배광(背光)처럼 밝힐 어둠

물너울, 끝없는 작업이여
봄은 자릴 트는가.

2월 산은

한바탕 격전을 앞둔
정적이 감돈다.

은밀한 신호들이
나무 사이 오가면서

능선은 귀를 세우고
숨을 죽여 엎드렸다.

불꽃 튈 싸움을
예감하는 바람이

벗은 가지 끝을
전율처럼 흔들어

전신에 촉수가 서고
응전하는 자세된다.

까치집 망대에서
초병이 견시하고

철 늦은 눈보라가
이따금 흩날려도

녹두빛 깃발을 날리며
함성들은 오고 있다.

어떤 봄날

산색이 연두빛깔로
물이 드는 고운 봄날

매운 기류 한 가닥이
능선을 넘어와서

열어 둔 교실 창으로
마구 날아 들어온다.

소련 독감 망령이
시샘을 하는 건지

눈물이 쏟아지고
기침소리 퍼져 가면

책 속에 줄 선 글자가
흩어지며 달아난다.

호동그란 눈들이
한참만에 풀어진다.

아홉시 밤 뉴스에
얼룩지던 화면들이

오늘은 역풍이 되어
봄바람에 섞여 온다.

창가에 벙근 목련이
손길을 보내다가

터져나는 재채기에
화들짝 놀랄 때도

쩡쩡한 햇살을 받으며
술이 괴듯 익는 봄.

6월 스케치
－1987년 유월항쟁 서면에서

가로수는 청청한
귀를 열고 있습니다.

태양을 손에 들고
밀려오는 여름 행진

가슴이, 젊은 가슴이
시가지를 덮습니다.

차라리 그것은
넘쳐나는 해일입니다.

격랑의 푸른 칼이
신명난 춤을 추며

한 시대 매듭을 푸는
살풀이가 됩니다.

천 이랑 만 이랑
일렁이는 열기 속에

배경으로 걸린 해는
연방 녹아 내리고

각일각 치닫는 정점,
파고는 높아 갑니다.

거부의 매운 안개
제방을 타고 깔려 오면

들끓는 소리들이
직렬로 흔들리다

한 순간 파도를 타고
꼿꼿하게 섭니다.

섰다 이야기

1
겨울 계룡산
도사는 나들이 갔나 보다.

바람은 영봉 감아
하늘이 맴을 돈다

저 기운 들이마시면
한 시대를 손에 쥘까.

2
대전발 하행열차는 섰다판이 벌어졌다.
달리는 창 밖으론 눈보라 비껴 날고
단정학 솔 스무끗이 서설(瑞雪) 쓰고 올라온다.

탄 돈을 한 끗으로 휩쓸어 챙기면서
계룡산 신령 같은 미소를 지을 때도
시대를 겨냥한 암투가 끗발처럼 서고 있다.

3
그 날 밤,
은선(隱仙) 폭포
주인이 슬쩍 왔다.

가랑잎 두 장 쥐고
판돈 몽땅 쓸어 담아

명아주
지팡이 들어
판을 엎고 간 곳 없다.

부산항(釜山港)

비 내리는 부산항은
금관악기 소리난다.

뱃고동 한 소절이
애수처럼 흐르면

도회는
공명관 되며
출항 닻을 올린다.

비안개 피어나는
기억 아린 항만부두

연대를 손 흔드는
카키복 행렬들이

외항선
콘테이너를 지우며

느린 동작 가고 있다.

소금기 묻어 나는
해풍에 바랜 역사

해도(海圖) 속을 항진하는
시간 위에 비가 오고

연안의
젖은 불빛이
한 세기를 전송한다.

검(劍)

1

한 시대 협기 서린 수평선을 가늠하며
오랜 해를 담금질로 벼린 끝에 혼이 섰다.
서정을 엮은 달빛도 이 날 아랜 갈라진다.

2

머리맡에 걸어두면 가을물 소리 높다
굽은 목을 치려는 살의에 찬 저 눈빛
깊은 밤 칼을 뽑으면 한 비사(秘史)가 잠을 깬다.

3

어둠을 겨냥하여 서릿발 한(恨)이 울고
당대의 정수리를 내리치는 혼불이여
그 날에 쓰러진 함성이 섬광으로 일어선다.

혈(穴)

겨울 공화국에
무겁게 드린 잿빛 구름

음산한 모의들이
한창 진행중이다.

수뇌부
중추신경을
파란 날이 서 있다.

밤 깊은 고층숲에
눈발이 희끗 날리고

마지막 남은 달력
한 연대가 멎어 있다.

계절은
비상계엄령

시가지에 바람도 잔다.

경계하는 눈빛으로
말수를 줄이면서

창문을 굳게 닫고
안으로만 굳어 가는

이 시대
경혈을 짚어
엉킨 것을 풀게 하자.

피리

1
협객은 칼을 꺾고
손에서 칼을 뗐다.

남은 생은 검광보다
아린 곡을 다듬어서

한 왕조
돌개바람으로
감긴 한을 타래 푼다.

2
가슴 에는 긴긴 가락
달빛 더욱 푸르러고

떨고 있는 잎사귀도
한 시대를 느끼는가.

눈 가린
흉흉한 역사
땅 끝으로 지고 있다.

3
굽이굽이 애를 끊는
강물이 흘러갔다.

격랑도 잠재우고
달 기운 새벽 하늘

이 세상
맑은 귀 하나
서쪽으로 떠나간다.

침(鍼)

1
울대 치는 아픔들이
큰 소리로 끓고 있다.

화덕 담은 가슴마다
이글이글 불이 달아

한겨울 한파와 맞선
저 깃발이 뜨겁구나.

2
머리띠 맨 행렬들이
조간신문을 질러갔다.

접지(摺紙)된 밤을 펼치면
특보가 또 일어서고

자욱한 안개정국이

섬이 되어 표류한다.

3
웅크린 잠 속으로
피가 돌다 엉킨 걸까.

겨울 신경통이
이제 발병하나 보다

침이여,
혈(穴)을 찾아서
막힌 통로 뚫거라.

나그네

비서를 얻은 검객은
마침내 입신했다.

당대의 고수들은
그대 칼에 쓰러지고

야망에 끓던 바람을
검광으로 잠재웠다.

민리(民利)는 한갓 말뿐
권좌를 다툰 강호에는

가을 바람에
쓸쓸히 잎이 지고

허망한 패권주의가
피 흘린 채 누워 있다.

붕당의 잔해들을
하나 둘씩 끌어 모아

역사의 상석 앞에
책도 함께 불사르고

욕스런 우수(右手)를 벤 후
길손 되어 떠나갔다.

탈모증

어디를 둘러봐도
출구는 막혀 있다.

부황난 시대의
그림자가 드리웠고

반도는 숨통이 죄어
비틀대며 떠다닌다.

폭우로 젓을 담고
태풍이 휩쓸어도

오물은 남은 채로
썩는 냄새 풍기고

가난한 이 땅의 마음만
풀씨처럼 흩어진다.

머리칼 엉킨 구도(構圖)를
밀어내고 싶었니라.

이발사가 면도날로
원형탈모 알려 줄 때

꿈속에 빠지던 두발이
한여름을 뚫고 간다.

우슬초

승학산 길섶에도 크신 이의 손길 있다.
새로 깐 아스팔트가 버섯 모양 부풀더니
이 봄날 긴긴 날들을 쉬지 않고 뜸들인다.

한껏 부푼 둘레가 우산살로 금이 간다.
마침내 틈이 벌며 껍질이 떨어지고
시루에 콩나물처럼 새순들이 올라왔다.

겨울 견딘 뿌리들을 어둠으로 포장하여
굴림차로 다져가며 시퍼런 입을 봉했어도
무거운 압제를 뚫고 일어서는 저 말들!

너는 낮고 흔하지만 중히 쓰인 풀이었다.
속죄양 피를 묻혀 문설주에 바른 그 날
자유를 찾은 생령들 이끈 힘을 오늘 본다.

나이트 쇼

뱀 같은 무희가 배꼽춤을 추고 나자
무사복 차림으로 검사가 등장한다.
순식간, 열기 찬 장내는 칼빛으로 싸늘하다.

푸른 조명 아래 드럼이 울리기 시작하고
무녀의 이마며, 양손에 사과알이 올려진다.
북소리 커지다 멈춘 일순
배꼽노리 파르르 떤다.

숨막히는 정적을 찢는 기합소리 짧게 났다.
자로 잰 듯 여섯 조각이 무대 위를 날았어도
칼날이 움직이는 것을 본 사람은 없었다.

큰 키에 짙은 눈썹
매서운 안광이 풀리면서
터져 나는 박수소리에 깍듯이 절을 한다.
전대(前代)의 무사정신이 굴절되고 있었다.

모반(謀叛)

그것은 언제나
측근에서 일어선다.

순종하는 웃음 깊이
야심의 이빨 돋고

기회를 엿보는 눈빛
역모의 밤은 깊어 간다.

베개를 높이 하고
신뢰 속에 잠이 들 때

안도의 등뒤에서
새벽빛 칼날 세워

당신이
누렸던 날을
송두리째 앗는다.

소리들이 일어선다

태풍경보 내린 항도는
스산한 잿빛이다

바다는 숨을 죽여
신들리는 표정이고

내항에 묶인 어선들이
시름시름 앓고 있다.

지맥을 흐르는 음모들이
열풍을 불러모아

남지나 해상을 돌며
가슴에 불을 질러

광란의 머리칼 날리며
칼을 물고 달려온다.

부산 앞바다는
창날 들고 서는 무속(巫俗)

오륙도며 태종대며
아치섬을 휘어 돌며

한 시대 흉살을 터는
살풀이굿을 한다.

방파제는 허물어져
선박들도 춤을 추고

물거품 끓어올라
물기둥이 솟구치면

아득한 성운 저편에서
소리들이 일어선다.

항도(港圖)

피노을 타는 항구로
어선이 돌아오고

어기찬 영위(營爲)를 부려
목노에 둘레하면

소금기 절인 애수(哀愁)가
유리잔에 앙금진다.

불빛 뿜어내는
항가(港街)는 흑진주다.

밤의 열도(熱度)는
물결 따라 높아가고

은비늘 파닥거리던
쾌적(快適)을 헤아린다.

은하(銀河)도 자정이면
심해로 갈앉는다.

산호(珊瑚)는 머리 감아
도시의 잠을 다스려

또 하나 하늘을 받들어
꿈을 앉고 사는 정밀(靜謐).

연대의 슬픈 한 장(章)이
정박(碇泊)한 부둣가에

새벽은 안개를 깔아
명계(冥界)라도 조명하나

무적(霧笛)을 집어삼키며
붉은 해가 떠오른다.

개여, 짖어라

짖지 못하는 개는 이미 개가 아니다.
소리내어 짖을 때만 비로소 개일 수 있다.
눈칠랑 뱃속에 넣고 목청 다해 짖어라.

개소주집 철망 속에 갇힌 개는 안 짖는다.
보신탕집 뒷뜰에나 매인 개도 안 짖는다.
파수대 지키는 개만 컹·컹·컹·컹 잘 짖는다.

개여, 두려 말고 위엄 있게 짖어라.
주인이 잘 자도록 사위(四圍)를 지키면서
한밤에 도둑이 들면 소리 높이 짖어라.

고백

방에 앉아
시 쓰는 일이
부끄러운 시절이다.

은유며 상징이며
분칠 같은 기교들이

이 유월
녹색 깃발 아래
가화(假花)처럼 여겨진다.

항구 점묘·1
－점치는 주모

대마도 근해에서
비구름 몰려오면

색소폰 저음처럼
뱃고동이 울며 가고

목로집
그늘진 방에
화투점을 치는 여인.

화투장이 비끗으로
일어서던 어느 날

월남전 떠난 낭군
전사소식 날아들고

항구를 들어설 때는
밤물결도 사나웠다.

보랏빛 화장독이
세월만큼 배어나고

꼬나문 담배연기
신혼꿈이 피어난다.

오늘은
그리운 남근(男根) 하나
밤을 싣고 오려나.

항구 점묘 · 2

색주가 늙은 주모
화장을 떡칠하고

앳된 손님 옆에
귀신처럼 붙어 앉아

순수(純粹)를 입에 올리며
말끝마다 웃는다.

귓볼 붉은 애송이는
정에 취해 투정한다.

거짓말하느라고
웃음이 절로 나지?

웃음 뒤 숨은 눈물을
손님 알지 못하네요.

소금 먹은 바람이
낡은 포장을 기웃대며

연놈이 하는 수작을
애무하듯 감돌다가

밤바다 타는 욕망에
불기둥을 세운다.

제2부 병상일지(病床日誌)

기중기(起重機)에 걸린 달

도심에 높이 서는 신축 건물 뼈대 위로

혈루병 앓는 여자가 공사장을 넘보다가

이레 전 죽은 얼굴로 기중기에 걸려 있다.

이 봄날 당신께서는

도회는 꽃샘해도
후두염을 앓고 있다.

잠긴 목청으로
또 하루를 건너가면

어느 새
매연 속에서
미열처럼 핀 꽃을 본다.

저리로 어김없는
태초의 약속 따라

오늘을 돌아보신
눈매가 가슴 저며

무거운
관절을 접고

이 밤 깨어 낮추다.

우리가 삶에 지쳐
깊은 잠에 들었을 때

크나 큰 사랑으로
고운 성좌 거느리고

지상의
그을은 불빛도
맑게 닦아 내신다.

새벽장

내 잠의 언저리를 얼마나 서성였나
아내는 손끝으로 꿈을 밀고 들어와서
채소값 엄청 싸다는 새벽장을 보잔다.

품삯 깎인 무게로는 군말도 스스로워
이 시절 난국을 끌고 장터로 들어서면
우리들 삶의 파고를 타고 넘는 소리들.

남해바다 노역들이 파김치로 누운 널판
고등어, 참조기며 비껴 가는 어물전에
오히려 생선 눈빛이 싱싱하게 흘겨본다.

무 배추 흥정 속에 김해벌이 서고 있다.
새벽 남근 같은 무로 장바구닐 채우면서
뿌듯한 미소 더불어 이 세월을 버틴다.

다시 목민심서(牧民心書)

차(茶)를 달이려고
물 길러 나선 아침

바람 끝이 아직 매운
산문(山門)을 들어서면

매화향 서늘한 샘터
풍경소리 떠다닌다.

지난 밤 꿈에서 본
등이 휜 물고기도

부연 끝 풍경 따라
맑은 물에 노니는가

낙동강 장장 칠백리
부대끼는 숨결이여.

위천공단 내린 물은
어디로 든단 말고

사무치는 원성 높아
꽃망울이 터진 거냐

꽃 그늘 깊은 생수를
떠올리는 이 설움.

임금이 등극하는
고전(古典) 같은 좋은 봄날

우리 민초들은
지나새나 물, 물타령

이 강산 잔치마당에
타는 가슴 어이 하랴.

겨울 산행 · 2
－금정산에서

매연에 그을은 폐를
등피처럼 닦고 싶다.

소음으로 끓던 귀는
솔바람에 갈앉히고

살갗샘 흘러든 중금속
능선 타며 걸러야지.

신경성 위장염도
잘 들을 내장길을

때론 고행 삼아
무릎으로 올라가면

낙목(落木) 끝 매운 바람이
무딘 혼을 매질한다.

이 세상 절은 맷국
한 꺼풀 벗고 서서

영혼의 안테나를
청죽(靑竹)으로 뽑아 올려

겨울산 깊은 침묵이
지닌 말씀 듣는다.

초록빛 둥근 꿈을
가지마다 걸어두면

따스한 심장으로
일어서는 손길이여.

문명에 병든 도심을
원격 치료하고 있다.

병상일지(病床日誌)

기상 이변으로
사막이 밀려오나 보다

가뭄과 무더위로
여름 혀가 늘어져

백동(白銅)이 달은 불볕에
연방 녹아 내린다.

큰 바람도 비껴 가는
북태평양 고기압권

재앙처럼 주둔한
한반도의 산과 들은

간담이 타는 비탄들로
주름 패어 뒤척인다.

영혼이던 저 하늘은
문명의 폐기터다.

폐는 구멍 뚫려
점점 커지건만

시한부 남긴 우리 별은
처방전도 없는 걸까.

이제는 가을이라
병든 중에 열매 맺어

가지가 휘는 운율
풍경화로 걸어 두고

마지막 단맛 들이는
어질머리 보아라.

강물 서설(敍說)
―낙동강 이대로 죽어 가는가

도시를 벗어나면
잊은 날이 돌아온다.

포플라 숲을 지나
강물이 흘러가고

태초의 편안한 휴식이
거기 누워 있었다.

그리워 찾아오는
내 영혼의 강변에는

비명에 숨겨간
철새들의 울음만이

오수를 뒤집어쓰고
월동지(越冬地)로 떠나간다.

강은 상한 아가미로
가쁜 숨을 내쉬며

강비늘 하이야니
배때기를 드러낸 채

문명의 끝을 알리는
신음소리 내고 있다.

을숙도

돌아온 겨울군단
주둔 않고 떠나간다.

둥지 잃은 설움을
떨구고 간 빈 날은

갈대숲
사라진 모래톱
계절마저 돌아섰다.

해를 가리도록
하늘로 날던 갈밭

열 지어 돌아들며
상형문자 긋던 날은

저 강물
깃 치는 소리

등비늘이 일어섰다.

오늘도 그리운 날
겨울입구 들어서면

하구둑 자른 허리
시간들이 줄서 가고

낙조는
붉은 울음을
죽은 강에 쏟는다.

제철공장에 핀 장미는

제철공장 블록담은 가시줄로 관을 썼다.
녹슨 시간들이 빗물에 녹아 내려
핏자국 마른 상처로 얼룩지며 신음한다.

관리층 미학자는 죽은 벽을 살리려고
담을 돌아가며 장미를 꺾어 심어
번지는 이상기류를 꽃을 피워 눅이렷다.

화부(火夫)의 분노 같은 불길은 활활 솟고
주물공 타는 아픔이 쇳물로 끓을 때도
장미는 키가 자라고 연방 잎을 토해 냈다.

노사간이 등을 돌린 적막한 빈터에는
줄기마다 꽃망울이 울을 돌아 맺히더니
용광로 타던 불꽃을 옮겨 담아 피어난다.

손

그 옛날 예언자는
미리 본 걸 전했지만

그 날은 온다는 날은
헛말만 흩날리고

뼈 깎아 피로 쓴 시가
빛깔 바래 가더니.

위험신호 계기판에
붉은 불빛 들어오고

시시각각 다가오는
심상찮은 징후들이

우리별 자율신경을
건드리는 저 파장(波長)

하루해는 무슨 일로
이리 바삐 저무는가.

파국으로 치닫는
세기의 땅 끝에서

시퍼런 날을 세우며
자정(自淨)하는 손을 보라.

두 눈에 푸른 하늘이

기름띠 밀려오는
사우디 북부연안
원유를 덮어쓰고
죽어간 바다새는
외눈에 푸른 바다가
넘실대고 있었다.

낙동강 하구에서
죽어간 겨울새도
폐수에 중독되어
깃을 떨다 숨졌는데
못 감은 눈동자 속에
푸른 강이 흐르더라.

아름다운 우리 별은
이미 병이 깊었건만
겁도 없이 목을 죄는
도져버린 인간들이

새처럼 죽어갈 몫을
재촉하고 있고나.

평화다, 성전이다
황금잔을 쳐들지만
끝내는 목숨 들고
막차로 떠난 날은
핵겨울 빙하시대로
접어드는 지구촌.

철없이 불러들인
무서운 재앙으로
대단원 막 내리며
심판 받은 직립동물
두 눈에 푸른 하늘이
영혼이듯 담길 거다.

제3부 가을 산행

안테나를 세우고

도시는 고즈넉이 우수(憂愁)에 잠기고
고층 건물들은 긴 꼬리 휘둘러
저무는 아스팔트길에 추상화를 그린다.

이제는 정수리 높이 안테나를 세울 때다.
무한 허공을 메운 어수선한 음향들이
한 방울 이슬로 모여 바다로 가는 집산(集散).

깃발처럼 나부끼던 의식(意識)이 갈앉으면
심해 어족들의 눈동자로 상감(象嵌) 되어
비로소 맑은 하늘이 제 빛으로 보일 건가.

먼 길을 떠돌다가 돌아온 나그네는
별 흐르는 하구(河口)에 홀바라지 하고 서서
귓바퀴 시리게 우는 귀뚜라미 듣는다.

겨울 산행 · 1

눈 열린 이들에게
겨울산은 깃을 연다

둥근 소망들이
빈 가지에 매달려서

예비한 등을 밝히고
이 여일(餘日)을 지킨다.

칼날 문 바람들이
나무 끝을 에이어도

따스한 체온으로
피어 올린 불꽃들은

한 점도 꺼지 못한 채
울음소리 낼 뿐이다.

빙판을 딛고 서서
신앙(信仰)하는 어깨 위로

저마다 기다림의
봄햇살이 내리는

겨울산 깊은 가슴이
예감(豫感)으로 깨어 있다.

겨울 달빛 속에는

안테나 가지에 앉아
노래하던 새 한 마리

사유(思惟)의 깃털 하나
허울인 양 흘려 놓고

철 따라 떠난 자리에
겨울 달빛이 내린다.

겨울 달빛 속에는
작은 새의 혼이 살아

나래짓 가비얍이
빈 도시를 날으면서

잃은 꿈 씨앗을 물어
언 가슴에 묻는다.

생활 그 뜨락에는
살얼음이 깔리지만

잊고 있던 노래들이
푸른 날로 일어서서

우리들 잠든 영혼에
달빛으로 배어 든다.

가을 산행

이제는 뿌리로
돌아가는 때입니다.

가지마다 떨고 있는
오뇌의 잎새들이

깊은 밤
잠의 둘레를
서성이다 떠납니다.

얼마를 기다려야
가슴 여는 산입니까.

능선을 칼질하는
낭자한 아픔들이

영혼을
활활 사루고

찬 재 되어 내립니다.

잎을 떨군 나무처럼
사념들을 비워 내며

허허로이 빈 손 들고
슬픈 햇살 속을 가면

조금씩
길을 연 산이
뿌리로 닿아 있습니다.

발아법(發芽法)

내 가난한 뜨락에도
날아든 씨알 속에

숨을 트는 소리들이
뿌리를 내리면서

자정쯤 샘물 고이는
기쁨으로 설레인다.

그것은 잠의 둘레를
서성이는 소식일까

아니면 과향(果香)이 스민
바람 같은 은총일까

가슴이 항아리라면
즙(汁)이 되는 소리들은.

가장 맑은 정수리서
일어서는 첫새벽은

떡잎으로 피어나는
보랏빛 저음(低音)인가

한 올씩 빛살을 엮어
소리들은 날이 선다.

가을 들녘에서

지난 철 노역들이
강물 따라 흘러간다.

신선하고 수줍은
첫새벽 하구(河口)에서

고단한 짐을 부리며
정수리로 오는 가을.

능금빛 물이 드는
은총이 출렁인다.

넉넉한 이 한 때의
식욕을 돋구면서

알알이 뜸을 들이며
끝내기를 하는 손길.

억센 팔뚝으로
일으켜 세운 들이

소슬한 바람결에
머리 숙여 묵도하면

하늘은 자물쇠 풀고
감춘 말을 송신한다.

겨울 어귀에서

모두들 떠날 채비에
바빠하고 있습니다.

당신의 어깨 너머
정원이 가라앉고

조금씩 뼈를 드러낸
산등성도 기웁니다.

초록물 길어 올린
두레박질 일꾼들이

무성한 이야기를
추억처럼 남겨 두고

이제는 벼린 바람에
돌아가는 때입니다.

귀성객 열차편에
몸을 싣고 떠나듯이

글썽이는 마음 하나
잎새로 되돌리는

연둣빛 부활을 꿈꾸며
뿌리로 돌아갑니다.

귀뚜라미

살이 닳도록 닦는다
뼈가 타도록 닦는다

문명에 녹슨 달이
옷을 벗는 깊은 가을

무변의
맑은 영혼이
기억처럼 열려 온다.

빈집

황량한 바람은 어디서 불어오는가.

뼈끝이 아리도록
이 밤 나는 몹시 춥다.

빈 집을
채우지 못한 말이
무한 허공에 펄럭인다.

털

1
말 없는 시위처럼
자란 수염을 깎는다.

모터 도는 소리에
떠오르는 삶의 내력

건전지 충전된 날수는
어디쯤 가 닿을까?

2
털끝에 묻은 시간이
표백되는 가닥마다

돌아가는 면도날에
하나 둘씩 잘려 가고

파랗게 숨은 뿌리가

또 하루를 모의한다.

3
문명을 거부하는
몸짓들이 돋아나면

털복숭이 원시인이
알몸으로 걸어 나와

도시의 일과표 속으로
사라지고 있었다.

닻을 내리고

외항선 짐을 부린
항구에 밤이 오면

고양이 눈빛 같은
등불이 돋아나고

도시는 암내를 내며
열기에 젖어간다.

물결 소리 높아 가면
명멸하는 불빛들이

점점이 해안선에
목걸이로 둘리면서

황녀(皇女)가 두고 간 밤을
점자(點字) 짚어 가는 건가.

은하 부푼 물이
바다로 가는 자정 부근

검은 도시가
물 속으로 가라앉아

맑은 잠 베갯머리에
차오르는 물살들.

이제는 수심 깊이
안식의 닻을 내려

자고 일던 세상 바람
비우고 또 비우면

죽었던 시간이 깨어나
물빛 연한 눈을 뜬다.

탈춤

본디 그대는
허공을 메운 빛이더니

어느 바람에 불려
어둠으로 탈을 쓰고

문둥이 짓무른 얼굴
청승궂은 꼴을 했니.

푸른 목줄기에
살비늘 떠는 그 설움이

어깻죽지 이는 격랑
팔로 뻗어 내리다가

한 마당 탈춤을 추며
어둠을 헐고 있다.

이제 돌아가자
소맷자락 이는 바람

굿거리 장단 맞춰
한 세상을 말아 내고

시원(始原)의 빛을 열어 가는
허울 벗는 저 몸짓

착근

겨울 긴 골을 지나
텃밭에 비낀 햇살

서투른 몸짓들이
핫옷 벗어 어둠을 터는

사월(四月) 그 넉넉한 뜰이
마음 비워 일어선다.

어머님 야윈 손길에
봄볕 좋이 내리는 날

옮겨 심는 어린 가지
애정에 둘려 순이 나고

영혼에 와 닿는 말씀
뿌리 뻗어 내린다.

단양동굴기(丹陽洞窟記)
―천동 · 고수동굴

천 길 어둠을 뚫고
떨어지는 물방울이

오랜 날을 돌로 자라
하느님 손놀림에

꽃망울 벙글어지드키
한 왕국을 빚었니라.

종유석 석순들이
어느 추상(抽象)을 몸짓하고

태고는 못에 고여
빈 방의 거울인데

돌기둥 너는 저켠 세상을
열어주는 표석일까

얼마를 기다려야
돌벽에 꽃이 피나

돌이 눈짓하는
빛나는 시간의 결정(結晶)

그 날에 별빛을 받아
꽃씨 심어둔 뜻이야……

여기는 순간을 딛고
겁(劫)으로 가는 통로

숨기운 저 본향이
그림자로 비낀 거면

내 안에 잃어버린 꿈을
원형(原形)으로 볼 것이다.

설악에서

자궁보다 내밀한
산협을 들어서면

쇠뿔 닮은 봉우리가
구름 속에 솟아 있고

물소리 세사에 엉킨
머리칼을 빗질한다.

속념이 끊어지면
무량한 안식이 온다.

천궁(天宮)의 별자리가
보관(寶冠)으로 빛나는 밤

우주는
어느 가풍(家風)을
드러내는 소식인가.

너는 내 안에 있고
나는 네 안에 있어

마음이 꽃잎처럼
벙그는 너 설악이여

아득한 시간을 넘어
시원(始原)으로 닿는다.

산방일기(山房日記)

저물 녘 산 속에는
누군가 숨어 살며

시나브로 먹을 갈아
어스름 짙어 오고

서가에 바랜 책들을
삼가는 듯 덮는다.

밤은 정한 손길로
사위를 갈앉히나.

먹물 바다 깊이
고즈넉이 녹아 들면

시간은 테를 벗으며
고운 백골이 남는다.

저 깊은 밀실에선
생명의 원형질이

날씨 씨실 얽히듯이
연줄 맺는 봄날인데

환생의 소용돌이를
지켜보는 눈이 있다.

눈은 차츰 커지더니
이미 눈이 아니다.

질탕한 잔치를
벌이면서 말아 내는

우주에 편만한 말씀이
드러나는 빛이었다.

결산

1

중환자실 하얀 벽이 저승으로 길이 나고
검은 세력들이 그림자를 드리워도
아버님 침상 곁에서 숨죽이고 지켜봤다.

시간도 머문 듯한 형광불빛 아득한 밤
그 이름 붙드시고 모든 짐을 부리소서.
나는 왜 이 말 한 마디 드릴 수가 없었던가.

이승 일은 어김없던 아버지 한평생이
저세상 문턱에서 뿌리째로 흔들리고
무거운 고뇌에 싸여 입술만이 타셨다.

2

목자가 먼 길 와서 복음서(福音書) 펼쳐 들자
말씀이 날이 서서 심령 속을 파고들어
비로소 언약의 나라 문빗장이 풀어졌다.

링겔 꽂은 팔로써도 깊은 어둠 걷어내고
샘솟는 기쁨으로 할렐루야 찬양하며
사망을 두려워 않고 편히 길을 떠나셨다.

3
이제는 봄볕 받아 잔디 피는 봉분 앞에
나는 또 그 날처럼 어리석음 반추하며
해 같은 믿음 하나를 건사하지 못했구나.

죽음도 햇수만큼 나이바퀴 더하거니
남은 날은 산 날보다 적으니라 일깨우며
빗돌에 삶의 결산이 십자가로 음각(陰刻)됐다.

새벽빛 열며 오소서

오늘도 해변 묘지는
적멸의 바람이 불고

나울은 이빨 세워
대안(對岸)을 톺아올라

뜨겁던 생애를 거두어
수심으로 갈앉힌다.

물굽이는 하늘에 닿아
향수(鄕愁)는 눈부시다

갈매기 세월을 물어
호선(弧線)을 긋고 날으는데

무량한 정복(淨福)에 든 이는
해벽만리(海壁萬里) 꿈이 깊어

황톳길 뙤약볕을
달이는 포곡새 너는

구천의 혼령 하나를
불망(不忘)의 눈을 띄우려나

이 세상 목젖 마르던 절원이
핏빛으로 노을져….

이슬 젖은 묘소마다
별빛 소소히 내리면

사념(思念)은 머리 풀고
십자가에 기댄 의지(意志)

임이여, 수평을 밟고
새벽빛 열며 오소서.

어느 때 찬 가슴은

그리움 절로 익어
산마루에 올라서면

창망한 물굽이는
목이 메는 율음(律音)이고

한 목숨 덧없는 세월이
낙일(落日)보다 서럽고나.

당신은 물길 먼 돛배
오는 듯이 머문 듯이

언제나 그런 거리로
손 닿을 길 바이 없어

이마에 손그늘 하고 서서
기다리는 돌이 될까.

어느 때 찬 가슴은
말씀에 불씨 묻어

당신 밖을 맴돌던 혼이
화닥화닥 불이 달아

저녁놀 타는 갈구가
한 심령이 될 것인가.

그 날 그 핏빛 절규
십자가를 덮던 어둠

백일도 빛을 잃고
역사(歷史)의 고비를 넘던 날이

오늘은 눈물을 거두며
약속 밝혀 달이 뜬다.

제4부 유리창 풍경

유리창 풍경
―까페 시갈

가로등이 추억처럼 서 있는 해안 따라
우수의 장발을 내린 한 사내가 걷고 있다.
바다가 끌리는 옷자락엔
물새 울음 묻어난다.

반월(半月)로 휜 물굽이가 넘실대는 넓은 창을
이중반사 된 그는 수심 속을 걸어갔다.
기억의 등을 밝힌 수평
나사렛 예수가 걸어온다.

근황(近況)

1
도회의 봄소식은
신문지면에 실려 와서

수족관 어족처럼
맴도는 생활 곁을

왔다 간 흔적도 없이
여름으로 치닫는다.

2
오늘 아침 신호등도
짧은 편이었다.

삼 분을 넘기면
이십 분이 늦는 출근

숨 가쁜 하루를 틔워 줄

그 하늘은 어딘가.

3
어둠 속에 가지 돋는
의식의 잔해들이

자동차 불빛으로
쓰러졌다 일어서며

전광판 광고 선전을
떠돌다가 침몰한다.

해운대

물 젖은 여인이
떠나간 빈 바다는

옷자락 배어나는
고독이 나부끼고

그녀가 벗어둔 밤이
만조 되어 밀려온다.

해안선 타는 등불
호선구도 상감(象嵌)하고

농밀한 색정으로
명멸하는 불빛들이

파도의
억센 근육질을
연신 풀어놓는다.

열기 찬 줄다리기
별자리가 기울어

심해 자궁으로
가라앉는 밤의 체액

아침을 배슬이는 장력에
수평선이 부풀다.

보랏빛 새벽바다는
머리칼이 시리다.

쾌적한 동작으로
물새가 현(弦)을 긋고

문명은 배경으로 서서
묵은 때를 씻는다.

휴지

꿈의 조각들이
흩어진 거리에서

새벽을 쓸고 있는
청소부 손길처럼

순백의 마음을 지닌
체온들이 감겨 있다.

햇살이 고가도로
교각 틈에 눈길 주며

민들레 꽃잎 피는
이적을 보이드키

지상의 그늘진 곳을
사랑으로 받든 그대.

우리들 지은 죄가
맷돌만큼 무거웁고

뼈저린 통한들이
누선(淚腺)으로 흐를 때도

부대낀 영혼을 감싸는
부드러운 손이 된다.

신정 연휴

흰머리가 유난스레
많이 뵈는 아침나절

눈 덮인 신정(新正) 달력
산악들이 다가서고

숨차게 달려온 날들이
여백 위로 쓰러진다.

옷깃을 바로 하고
단추를 채우지만

마음은 허방처럼
골이 패어 치운데

연하장 새해 덕담은
잉크냄새 선명하다.

차를 달여 마시면서
시린 등을 덥힌다

작은 생활 면적이나
그만한 꿈을 심고

눈 없는 항구도시에
설경(雪景) 한 폭 얹는다.

유랑극장

봄이 오면 장터마당
만국기가 나부끼고

천막으로 하늘 가린
매표소 앞에서는

난쟁이
재주 넘으며
관객들을 끌고 있다.

어느 인생 굽이를 돌아
예까지 흘러왔나

아낙네 옷고름에
배어들던 그 날의 연민

곡마단
나팔소리가

저녁놀에 물든다.

이제는 서커스가
전파 타고 흘러온다.

안방에서 펼쳐지는
양인(洋人)들의 정통 곡예

우리식
눈물 어린 묘기가
세월 저편 떠돈다.

까마귀

너는 언제부터 내 영혼 한 모퉁이

도둑처럼 숨어 들어 없는 듯이 살아 있어

볕 좋은 오후에도 긴 그림자를 짓고 간다.

생피 듣는 부리를 날갯죽지 묻었다가

때로는 죽음의 심연이 어질머리 일으키면

그 틈을 놓치지 않고 가슴 쪼아 먹는다.

겨울 풍경

시베리아 기단이 둘린
내륙에 불이 꺼져

헐거인 영어(囹圄)의 잠이
유전(遺傳)하는 이 자정을

바람은 가도(街道)를 돌며
수세기 밤을 운다.

원초(原初)의 그 날이듯
도심지대는 달무리져

형해(形骸)된 고층건물이
비스듬히 기울도록

의식(意識)의 마른 가지에
설화(雪花)가 피고 있었다.

소리 없이 무너지는
적설의 내안마다

더운 피는 밀림 같은
지맥(地脈)으로 흐르고

사위(四圍)는 검은 바람이
자장(磁場)처럼 감돌아.

뼈와 살이 하나 되어
축제의 불이 타면

어둠 속을 부상(浮上)하던
혼령의 얼굴들이

반만큼 빛을 바르고
광원(光源)으로 빨려 간다.

풍경(風景)

도심은 안개에 젖어
고양이 밤눈 뜨고

발자욱도 남김 없이
그림으로 가는 삼경

유백색(乳白色) 한 폭 심상(心象)에
검은 선을 긋는다.

선창(船窓) 불빛으로
모여드는 어족처럼

안개비는 가등(街燈)을 돌아
달무리로 어룽져

내 잠의 어두운 외길을
인광(燐光)으로 밝히리.

펄럭이던 의식(意識)이
버들처럼 머리 풀면

베갯모에 피어나는
외론 날의 유년(幼年)이

한 마리 꽃게를 그려
비누방울을 날리다.

노를 저어 가는
어부들의 노역(勞役)만큼

한밤에 바다 멀리
모발 날려 헤어 가면

시간은 한 순간 멎고
빙하계(氷河界)로 괸 새벽.

가을 공원

1
햇살 비낀 포도 위로
은행잎이 지고 있다.

노인이 의자 기대
지난 생을 헤는 여일(餘日)

비둘기
둘러 앉아서
바랜 꿈을 줍는다.

2
혼이 시린 여인인가
우수의 옷깃 세워

추억을 길게 끌고
가을 속을 걸어간다.

하오의
구도(構圖)를 잡으며
비애 한 점찍는다.

3
무거운 상념들은
바람에 흩날리고

상심한 어둠이
자락을 드리우면

가로등
병든 도시를
배경으로 걸린다.

네오게리아*와 여인

그리운 몸짓으로
창가에 앉은 그대

삼 일에 한 번씩
물을 주면 살아나지

이파리
살점이 떨던
지난 날의 입김들이.

창 너머 끊임없이
밀려오는 파도 소리

귓바퀴는 길어지고
명치끝이 무거워

뼈마디 관절을 핥고
빨톱으로 빠진 썰물.

술잔의 해안에도
불빛이 익어가고

흑요석 타는 눈이
부르는 바다의 율음(律音)

물굽이
숨찬 시간이
까무룩이 죽는다.

자정에 물을 먹고
뿌리가 잔털 내려

속잎을 비집으며
돋아나는 여린 잎맥

파도의 푸른 힘살이
쭉쭉 뻗어나고 있다.　　* 네오게리아 : 아나나스과 초본식물

얼음에게

순백한 혼의 살결에
내 사랑이 닿는 순간

차가운 빛살 뿜고
부서지는 이 아픔은

뼛속의 그대 매운 율(律)
푸른 날을 벼림이다.

네게로 갈 수 없는
겨울나라 그 먼 산정(山頂)

노을빛 그리움은
메아리로 돌아올 뿐…….

결빙의 맑은 사리로
무한에 선 그대여.

작약(芍藥)

누군가 하얀 대낮
옷고름을 풀고 있다.

너는 그만 샅이 열려
발정하는 향내나고

혼령이 녹아 내리는
미친 불에 싸인다.

꽃뱀처럼 날름대는
욕정의 붉은 혀로

환장할 죄를 짓고
저승문을 열은 거냐.

열락(悅樂)은 지옥을 달궈
눈시울이 부시다.

낮달

눈 먼 세월 하나가 바래고 있습니다.

어쩌다 잃어버린 가녀린 그 미소가

이제는 손톱 안으로 돋아 올라옵니다.

벚꽃

눈시울 시리도록
백제 여인은 화사하다.

원통한 그 가슴을
부여잡고 지던 날도

즈믄 헬 강에 씻으면
저리 맑은 환생인가.

한 왕조가 스러지는
슬픔은 무거워라.

천상(天上)이 기울도록
옷자락을 휘날리며

내 안에 그리움 심고
그 날 다이 지는구나.

음반에 내리는 비

흘러간 노랫말은
사랑법이 순수하더라.

음반에 비가 내리면
먼바다가 밀려오고

항구의 바랜 이별이
물빛 속에 젖어 온다.

추억은 술잔에 닿고
사랑은 수평에 멀더라.

뱃고동 긴 항적(航跡)은
세월 긋고 떠났지만

그 날에 나부낀 옷고름
영혼에 남은 문신이네.

역동성과 생명성의 시학

고현철
문학평론가, 부산대 교수

현대시의 한 부류에 속하는 현대시조는 시적 인식의 진폭이 상당히 넓다. 그만큼 현대시조는 다채로운 시적 지향을 보이고 있는 것이다. 정해송의 시조는 이의 좋은 예가 된다. 그는 무엇보다도 열려 있는 상상력을 통하여 시적 다채성을 구현하고 있는데, 그 상상력은 역동성과 생명성을 바탕으로 펼쳐지고 있다. 이 역동성과 생명성은 시대상황의 변동에 상응하여 그의 시조에서 내적인 변모가 이루어지고 있는 가운데에서도 여전히 지속되고 있는 사항이 된다. 따라서 그의 시를 역동성과 생명성의 시학이라 명명할 수 있을 것이다.

방에 앉아
시 쓰는 일이
부끄러운 시절이다.

은유며 상징이며
분칠 같은 기교들이

이 유월
녹색 깃발 아래
가화(假花)처럼 여겨진다.   ─「고백」 전문

　위에 인용한 시는 정해송이 스스로 자신의 시작 태도
를 밝히고 있는 작품에 해당한다. 그래서 이 시를 논의의
출발점으로 삼고자 한다. 시 구절 중에서 '방'은 삶의 현
장을 벗어난 내면의 세계를 의미한다고 볼 수 있다. 방에
앉아 시를 쓰는 내면 침잠의 정적인 태도를 부끄럽게 여
기고 있는 시인의 자세에서 삶과 시를 연속시켜 시의 실
천성을 강조하려는 시인의 의식을 엿볼 수 있게 된다. 여
기서 역동성이 실천성과 서로 연관됨을 알 수 있다. 그래
서 삶의 실천성과 관계없는 시적 '기교'는 한낱 본질을
가리는 '분칠'에 지나지 않게 된다고 시인은 단언하고 있
다. 또한 이 '기교'는 유월의 깃발 아래 한낱 '가화(假花)'
에 지나지 않는다고 언명되고 있다. 여기서 유월의 깃발

136

은 6월 항쟁을 환기시키는데, 이는 역사적 현실이라는 의
미로 확대될 수가 있다. 그런데 기교를 가화에 비유하고
있는 데에서, 기교를 멀리 하고자 하는 이 시인이 궁극적
으로는 생화(生花)로 표상되는 생명성을 추구하고자 하
는 것을 알 수 있게 된다.
　정해송의 시 세계가 역동성과 생명성으로 정리될 수
있는 것은 바로 이에서 출발한다. 그런데 그 역동성과 생
명성은 위에 인용한 작품에 드러나 있는 의미로만 한정
되지 않는다. 그의 시에서 역동성과 생명성은 상당히 포
괄적인 의미망을 드러내고 있는 것으로 다가오고 있기
때문이다.

　　떨고 있는 잎사귀도
　　한 시대를 느끼는가.

　　눈 가린
　　흉흉한 역사
　　땅 끝으로 지고 있다.　　　　　　　　－「피리」 부분

　그의 시에는 역사적 상상력을 보여주고 있는 작품들이
상당히 많다. 위에 인용한 작품도 그 중 하나에 속한다.
그런데 그 역사는 '흉흉한' 오욕의 역사이며 사람의 마음
의 눈을 가리는 어둠의 역사이다. 이 시에 따르면, 너무

도 미약한 '잎사귀'조차 오욕의 역사와 어둠의 시대를 느끼고 있다. 어떠한 역사적 현실의 무게도 그 현실을 살아가는 인간 개개인에게는 삶의 현장에서 너무나 깊이 와닿게 되는 것이다. 그래서 이 시에서 잎사귀는 떨고 있는 것으로 묘사되고 있다. 그 어둠의 역사적 현실은 사람들에게 "경계하는 눈빛"을 보이는 불신과 두려움을 내면에 갖도록 하고 또한 "말수를 줄"여 서로 소통하지 못하게 한다. 그래서 마음 속에 "안으로만 굳어 가는"(「혈(穴)」) 응어리를 지니고 살아갈 수밖에 없도록 만든다.

6월 항쟁은 바로 이 오욕의 역사를 청산하고자 해서 분출된 혁명과도 같은 사건이었다. 앞에 인용한 시에서도 유월의 깃발이 나오지만 그의 시에는 이 6월 항쟁의 이미지가 상당히 등장하고 있다.

차라리 그것은
넘쳐나는 해일입니다.

격랑의 푸른 칼이
신명난 춤을 추며

한 시대 매듭을 푸는
살풀이가 됩니다.
　　　　　—「6월 스케치—1987년 유월항쟁 서면에서」 부분

이 시는 제목에서부터 6월 항쟁에 대한 시적 발언임을 분명히 밝히고 있는 작품이다. 시인은 6월 항쟁의 물결을 '해일'이라는 역동적인 이미지의 자연물로 환치시키고 있다. 역사성을 말하는 그의 시가 역동성을 드러내고 있는 것은 바로 6월 항쟁의 격동적인 체험에 힘입은 바 큰 것으로 여겨진다. 위에 인용한 시에서 역사적 비판의식을 '푸른 칼'로 비유하고 있는데, 이는 정해송의 작품 곳곳에 나타나 있는 이미지에 해당한다. 칼이 "당대의 정수리를 내리치는 혼불"(「검(劍)」)의 의미로 등장하는 것도 바로 이 때문이다.

그런데 이 작품은 역사적인 변동의 과정을 살풀이춤으로 형상화하고 있는데, 사실상 수건이나 아무 것도 가지지 않고 추는 살풀이춤이라기보다는 신칼을 가지고 추는 살풀이굿에 해당한다. 여기서도 역동성은 두드러지고 있다. 악한 기운인 '살(殺)'을 쫓기 위한 살풀이는 그의 작품 가운데 다른 것으로 변주되어 나오기도 한다.

　겨울 견딘 뿌리들을 어둠으로 포장하여
　굴림차로 다져가며 시퍼런 입을 봉했어도

　무거운 압제를 뚫고 일어서는 저 말들!

—「우슬초」 부분

　인용한 작품은 억압적인 시대 상황 아래 자행되어 온 언로(言路)에 대한 통제의 문제를 부각시키고 있는 시에 해당한다. 시 구절에서 '입을 봉'한다는 것은 바로 이를 말한다. 그럼에도 불구하고 '말들'은 자유를 찾고 자유를 말하기 위해 '압제'를 뚫고 일어선다고 분명하게 단언하고 있다. 여기서 말들은 개별적인 소리를 넘어선 함성이 되는데, 이는 집단성과 민중성을 지닌 말의 힘을 의미하게 된다. 이는 다른 작품에서는 "울대 치는 아픔들이/ 큰 소리로 끓고 있다"(「침(鍼)」)로 변주되기도 한다.

　그런데 위에 인용한 작품은 '압제를 뚫고 일어서는' 말을 겨울의 무거운 흙을 뚫고 일어서는 풀에 비유하고 있다. 다시 말하면 자유의 말이 생명성을 가진 풀로 환치되고 있다. 말의 자유는 말의 생명성에 다름 아닌 것이다. 그만큼 정해송에게 생명성은 시적 인식의 근원을 이루고 있는 것으로 보인다. 그런데 이 작품에 제시되어 있는 풀은 제목에서 알 수 있는 바와 같이 '우슬초'이다. 우슬초는 유대인들이 귀신이나 재앙을 쫓으려고 재물의 피를 묻혀 뿌리는 데 쓴 식물이다. 즉 악한 기운을 쫓는 데 쓰이는 풀로서, 앞의 작품에서 언급한 살풀이와 같은 의미를 지니고 있는 것에 해당한다.

　정해송은 역사적인 현실을 역동적인 이미지의 자연물로 환치시켜 드러내기도 하기만, 자연물을 역동적으로 묘사하여 이를 역사적인 상상력과 결합시키기도 한다.

겨울바다를 묘사하면서, 거친 파도를 "암벽에 부딪쳐서/
흰 이빨로 부서지는 절규"라 하여 집단의 목소리로 역동
적으로 표현하거나 "원경(遠景)은 함성을 머금고/ 호(弧)
로 휘어 날(刃)이 섰다"(「겨울바다에 서서」)고 함으로써
집단적인 소리와 움직임을 직선과 곡선의 결합을 통해
역동적으로 드러내고 있다. 이런 측면을 대표하고 있는
작품이 아래에 인용하는 시이다.

> 한바탕 격전을 앞둔
> 정적이 감돈다.
>
> 은밀한 신호들이
> 나무 사이 오가면서
>
> (…중략…)
>
> 철 늦은 눈보라가
> 이따금 흩날려도
>
> 녹두빛 깃발을 날리며
> 함성들이 오고 있다.   ─「2월 산은」 부분

이 시는 정해송의 상상력이 얼마나 역동적인가를 잘

보여주고 있는 작품에 해당한다. 그는 이 작품에서 이른 봄의 자연을 전투적인 상황으로 환치시키고 있다. 2월 산의 분위기를 "한바탕 격전을 앞둔/ 정적"으로 표현함으로써, 마치 폭풍전야와 같이 역동적인 움직임이 예비되어 있는 상황으로 묘사하고 있다. 그래서 자연물 사이에는 '은밀한 신호'들이 오고가는 내적 소통이 이루어지고 있다. 그리고 자연의 소리는 편만하여 능선도 귀를 세워 이 소리를 듣고 있고, 바람은 가지를 흔들어 생명을 일깨우며 자연물은 상호간에 촉수를 세워 생명감을 느끼게 된다. 여기서도 역시 정해송의 역동적인 상상력이 생명성과 연관되어 있음을 알 수 있다. 그래서 '철 늦은 눈보라'의 비생명적인 역동성은 '녹두빛' 잎들의 생명적인 역동성을 막지 못하고, 녹두빛 잎은 생명성이 강조되어 역동적인 움직임의 '깃발'과 집단적인 소리인 '함성'으로 표상되고 있다. 이 경우도 생명성은 역동성과 집단성에 연관되어 있는 것이다.

농밀한 색정으로
명멸하는 불빛들이

파도의
억센 근육질을
연신 풀어 놓는다.   ─「해운대」 부분

이 작품에서도 자연의 역동성은 여지없이 드러나고 있다. 그 역동성은 생명성을 띠고 있고, 생명성을 부각시키기 위해 성적인 이미지와 연관되기도 한다. 바다의 불빛은 이 성적 이미지와 결합되어 '농밀한 색정'이 되고 '파도'는 육감적인 이미지에 힘입어 '억센 근육질'로 표현되어 역동성이 부각되고 있다. 다음에 인용하는 시는 어느 작품보다도 성적 이미지에 따라 생명성이 뚜렷하게 드러나는 것에 해당한다.

누군가 하얀 대낮
옷고름을 풀고 있다.

너는 그만 살이 열려
발정하는 향내나고

혼령이
녹아 내리는
미친 불에 싸인다.

ㅡ「작약(芍藥)」부분

작약을 묘사하고 있는 이 작품에서 성적 이미지는 극대화되고 있다. 작약의 꽃잎이 열리는 것을 옷고름 푸는 것에 비유하는 것 자체가 육감적이며 성적인 이미지에 해당한다. 여기서 하얀 대낮은 하얀 살결을 환기시키고 있다. 시 구절 "살이 열려/ 발정하는 향내나고"는 식물의 이미지를 동물적 이미지와 결합시킴으로써 꽃잎이 열려서 나는 식물의 향기를 발정하는 동물의 냄새로 환치시키고 있는 표현에 해당한다. 그런 만큼 성적인 색채가 두드러지게 되는 것이다. 그래서 이 작품에서 활짝 핀 '작약'은 '미친 불'에 비유되어 있다. 이로 볼 때 이 작약은 일반적인 적작약으로 보이는데, 그 작약은 열정을 품고 있고, 그 열정은 생명성에 다름 아닌 것이 된다.

저 강물
깃 치는 소리
등비늘이 일어섰다.

(…중략…)

낙조는
붉은 울음을
죽은 강에 쏟는다.   ―「을숙도」 부분

이 시에서도 역동성과 생명성의 결합은 두드러진다. 이는 '강물'을 새와 물고기에 환치시킴으로써 획득된다. 정해송에게 있어 강물의 흐름은 정적인 것이 아니라 새

144

가 깃을 치는 것이거나 물고기의 등비늘이 일어서는 것
과 같이 동적인 것이다. 그런데 이 작품에서 생명성에 대
한 추구는 문명의 발달에 따른 오염성과 반생명성을 비
판하는 형식을 취하고 있다. 오염된 강은 이미 죽은 강이
며, 그래서 낙조는 붉은 울음을 그 강에 쏟을 수밖에 없
는 것이다.

　　강은 상한 아가미로
　　가쁜 숨을 내쉬며

　　강비늘 하이야니
　　배때기를 드러낸 채

　　문명의 끝을 알리는
　　신음소리 내고 있다.
　　　─「강물 서설(敍說)─낙동강 이대로 죽어 가는가」 부분

　이 작품에서도 강은 앞의 시와 마찬가지로 생명체인
물고기로 환치되어 있다. 그러나 여기서는 역동성과 생
명성을 드러내고자 해서 그런 것은 아니다. 오히려 강이
생명체로 환치됨으로써 반생명성이 두드러지고 있다. 오
염된 강을 죽어가는 생명체에 근본 비교함으로써 물질문
명에 따른 환경 오염의 심각성을 부각시키고 있는 것이

다. "강비늘 하이야니/ 배때기를 드러낸 채"라는 구절은 근본 비교에 따라 고갈되어 가는 강을 묘사한 것이면서도 오염된 강에 죽어서 떠있는 물고기에 대한 묘사를 환기시키게 된다. 그래서 오염된 강은 죽어가는 신음소리를 내고 있고, 이는 또한 막다른 길에 봉착한 문명의 한 계성을 보여주는 시적 오브제가 되는 것이다. 이와 같이 이 시는 생태주의에 입각한 작품으로 환경 오염에 대한 고발을 드러내고 있는 작품에 해당한다. 생명성을 추구하는 정해송이 생태주의 시의 모습을 드러내는 것은 필연적인 것으로 보인다.

초록빛 둥근 꿈을
가지마다 걸어두면

따스한 심장으로
일어서는 손길이여.

문명에
병든 도심을
원격 치료하고 있다.

—「겨울 산행·2—금정산에서」 부분

위에 인용한 작품에서 '초록빛 둥근 꿈'은 원래 지니고

있는 자연의 생명성을 의미한다. 그래서 자연은 근본적
으로 '따스한 심장'을 내재하고 있는 것이 된다. 그리고
이는 인간이 지니고 있는 삶에 대한 열정으로 환치될 수
있는 것이다. 자연의 생명성은 인간의 열정과 상응한다.
그런데 삶에 대한 열정을 가진 인간은 반생명적인 것과
반자유적인 것에 저항하지 않을 수 없다. 생명과 자유라
는 삶의 희망을 위해서는 저항이 필요한 것이다. 저항적
인 의미가 내재되어 있는 '일어서는 손길'이란 구절은 그
래서 자연스럽다. 자연의 생명력과 인간의 열정은 오염
성과 반생명성의 도시문명을 치유하는 원천에 해당한다.
이 시가 근본적으로 반도시성과 자연의 자발성에 기대고
있는 것은 바로 이 때문이다.

> 도시는 고즈넉이 우수(憂愁)에 잠기고
> 고층 건물들은 긴 꼬리 휘둘러
> 저무는 아스팔트길에 추상화를 그린다.
>
> ―「안테나를 세우고」 부분

　　이 시는 일상생활 가운데에 녹아 있는 생태주의의 모
습을 보여주고 있는 작품에 속한다. 여기서 도시가 우수
에 잠겨있다는 표현은 문명도시에 대한 부정성을 드러내
는 시적 발언에 해당한다. 이 작품에서 생명체로 환치되
어 있는 것은 자연물이 아니라 고층 건물이다. 그런데 이

시가 도시의 일상생활을 배경으로 하고 있는 것은 이와 관련된다. 여기서도 역시 고층 건물은 역동적 이미지로 묘사되고 있다. 시 구절에서 '저무는 아스팔트'는 반생명성을 환기시키며 형체 없는 '추상화'는 이 반생명성을 더욱 부각시키는 것이 된다. 이 작품이 문명도시가 내재하고 있는 반생명성을 드러내고 있는 것으로 이해되는 이유가 여기에 있다.

> 살이 닳도록 닦는다
> 뼈가 타도록 닦는다
>
> 문명에 녹슨 달이
> 옷을 벗는 깊은 가을
>
> 무변의
> 맑은 영혼이
> 기억처럼 열려 온다.

―「귀뚜라미」 전문

생태주의에 입각한 이 시는 귀뚜라미 하나를 통해서 자연의 무한한 생명성을 드러내고 있는 작품에 해당한다. 여기에서 시인은 귀뚜라미가 자신의 다리를 끊임없이 비비대는 행위를 문명에 대한 저항의 몸짓으로 보고 있다.

다시 말하면 이 시에서 귀뚜라미가 거듭 행하는 살이 닳고 뼈가 타도록 닦는 단련의 행위는 문명의 녹슨 때를 지우기 위한 것으로 해석되고 있는 것이다. 이러한 단련을 통해서 문명에 밀려나거나 문명화된 자연이 비로소 본모습을 드러내게 되는데, 이는 "문명에 녹슨 달이/ 옷을 벗는 깊은 가을"로 표현되어 있다. 이 경우 본래의 자리로 돌아와 본모습을 드러내는 자연은 당연히 생명성을 표출하게 되는데, 이 시에서도 생명성에 대한 표현은 성적인 이미지를 통해 드러나고 있다. 그래서 본질성과 생명성의 결합으로 이루어진 '옷을 벗는'이라는 구절은 자연스럽게 다가온다.

그런데 제2연이 자연에 대한 묘사인 경(景)에 해당한다면, 제3연은 정(情)에 해당한다. '맑은 영혼'이 바로 그것이다. 따라서 이 시는 일종의 정경교융(情景交融)을 표현하고 있는 것으로 볼 수 있다. 이때, 영혼은 '기억처럼' 열려오는 것이다. 주지하는 바와 같이 기억은 과거의 현재화이다. 이는 또한 소통성을 내재하고 있는 말이다. 시구절에서 '열려' 있다는 표현은 이를 극대화하고 있는 말에 해당하는 것이다.

정해송의 역동성과 생명성의 시학은 역사적인 상상력에서 생태학적 상상력까지 그 진폭이 상당히 넓다. 그런데 이 진폭은 다름 아니라 시대의 흐름에 따라 형성된 우리 시의 주된 상상력에 상응한다. 70~80년대의 역사적 상상력과 90년대의 생태학적 상상력이 바로 그것이다. 따라서 그의 시는 시대의 중심에 선 상상력을 역동성과 생명성으로 펼쳐 온 것으로 보인다. 그리고 시대상황의 변동에 따른 그의 시적 방향의 모색도 역동성과 생명성을 바탕으로 이루어진 것임을 보여주고 있다.

정해송 연보

1945년　12월 31일 경남 고성 출생.

1969년　2월 동아대학교 국문과 졸업.

1969~71년　육군 복무.

1972년~현재　동여자중학교, 건국중학교, 건국고등학교, 가야고
　　　　　등학교 근무.

1976년　1월 『동아일보』 신춘문예에 「겨울바다에 서서」가 입상.

1978년　6월 『현대시학』에 시조 「항도(港圖)」가 장순하 선생의
　　　　　추천을 받아 등단.

1980년　한국시조 시인협회 부산시조 시인협회 회원.

1981년　『현대문학』『현대시학』『현대시조』 등에 월평, 계간평,
　　　　　연평을 발표 시작.

1984년　8월 시조집 『겨울달빛 속에는』 발간.

1989년　11월 제6회 성파시조 문학상 수상.

1989년　11월 시조 평론집 『우리시의 현주소』 발간.

1989~96년　『부산시조』 편집 주간 역임.

1993년　제3회 한국시조 작품상 수상.

1997년　시조집 『제철공장에 핀 장미는』 발간.

1996~97년　『중앙일보』 시조 지상 백일장 심사위원.

1998~2000년　『국제신문』 신춘문예 시조부문 심사위원.

1998년　부산문인협회 부회장.

현 재　가야고등학교 근무.

참고문헌

김　종, 「신의 축복」, 『겨울 달빛 속에는』, 1984. 8.

박기섭, 「시와 시인, 검과 검객」, 『제철공장에 핀 장미는』, 1997.
8.

전일희, 「끝없는 대결 정신」, 『부산시조』 9집, 1997. 12.